QUIET GIRL IN A NOISY WORLD: An Introvert's Story

by Debbie Tung

Copyright ⓒ 2017 by Deborah Tung

All rights reserved

This Korean edition was published by Will Books Publishing Co. in 2021
by arrangement with Andrews McMeel Publishing,
a division of Andrews McMeel Universal
through KCC(Korea Copyright Center Inc.), Seoul.

혼자가 좋은 나를 사랑하는 법

소란스러운 세상 속
혼자를 위한 책

✦ INFJ 데비 텅 카툰 에세이 ✦

데비 텅 지음 | 최세희 옮김

Quiet Girl in a Noisy World

윌북

나는 강의실에 일찍 도착하는 편이다.

제일 좋아하는 자리를 차지할 수 있기 때문이다.

어, 데비 혼자 있네?!
저기 같이 앉으면 되겠다!

데비! 무슨 음악 들어?

뭐 읽고 있어?
재미있어?

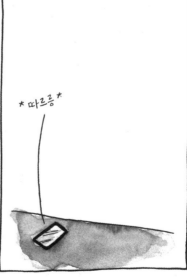

* 따르릉 *

잠깐만, 오빠한테 전화왔어.

미안, 나 먼저 가봐야 할 것 같아.
오빠가 열쇠가 없어서 집에 못 들어가고 있대.

어떡해!

정말 미안해. 내일 다시 전화할게.

아니야, 난 신경 쓰지 마.

다른 사람의 책장에서
내가 좋아하는 책을 발견할 때면

우리가 좋은 친구가 될 것 같다는
비밀스러운 예감이 든다.

나 다 준비됐어!
기다리게 해서 미안해.

완전 오케이야!
내 친구야.

넌 사람들한테
말을 자연스럽게 잘 거는구나.

넌 집중력이 정말 뛰어나구나.

나도 그랬으면 좋겠어.

신작

두 시간이 넘었는데도 끝날 기미가 안 보여. 여기서 탈출해야겠어.

먼저 가볼게. 남자친구가 밖에서 기다려서.

하지만 아직 다 안 끝났는데!

미안해. 더는 안 되겠어. 더 늦어지면 제이슨이 정말 화낼지도 몰라.

* 쾅! *

제이슨,
나 데리러 와줄 수 있어?

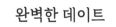

완벽한 데이트

다음 날, 이러다 죽을 수도 있겠다는
예감이 들었다.

시끌벅적한 친구들과 하루 종일
붙어 있을 에너지가 나에게 있을 리 없다.

수도관이
터졌다고 하자.

안 돼.
지난번에도 써먹은
변명이잖아.

그래서 모임이 취소됐다는
연락이 오길 간절히
바랐다.

제발!!!

만에 하나 벼락이 떨어질까 싶어서
일기예보까지 확인해보았다.

안 돼!
왜 해가 뜨고 난리야!

결국 갈 수밖에 없었다.
약속은 지켜야 하는 거니까.

| 처음 보는 사람과 있을 때 |

| 가족이나 친한 친구들과 있을 때 |

나에게 스몰토크란?

수년간의 훈련 끝에 사람들과 있을 때 바쁜 척하는 기술을 터득하게 되었다.

휴대폰으로 이메일을 보거나 인터넷 서핑을 하거나 아무튼 문장이 빽빽한 화면을 들여다본다.

사색에 잠긴 듯 집중하는 표정을 짓는다.

한 손에는 마실 것을 든다.

하지만 항상 성공하는 건 아니어서 가끔 말 거는 사람들이 있다.

안녕하세요!

아, 안녕하세요!

보아하니 평소에 말이 없는 편이죠?

그냥 웃자.
저 인간의 목을 졸라선 안 돼.

톰이랑 어떻게 아는 사이예요?

동기예요.
오늘 점심 식사 초대를
받았어요.

그쪽은요?

톰이랑 같은 동네에
살았어요.

그렇군요.

완전 어색해.
어떻게 더 노력할 수 있지?

잠시만요.
화장실 좀 갔다 올게요.

와, 내가 해냈다니 믿기지 않아.

오후 내내 사람들이랑 같이 있는 건 정말 힘든 일이야.

그래도 해냈어. 자랑스럽다, 데비! 앞으로 몇 주 동안은 모임 없이 지내는 거야!

삐

문자

내일 룸메이트가 파티를 연대. 신나게 놀자고! 다들 꼭 와줘!!

말도 안 돼애애애애애 !!

데비 왔구나! 얼른 들어와.
내 친구들 소개해줄게.

데비, 인사해. 얘는 로라야.
나랑 같은 동네 살아.

안녕.

안녕, 데비.
만나서 반가워.

아, 나는 다른 사람들한테도
가봐야 해서.
둘이 편하게 이야기 나누고 있어!

헉, 안 돼. 지금 우리만
남겨두겠다는 거야?

음... 저... 그러니까...
이름이 뭐라고 했지?

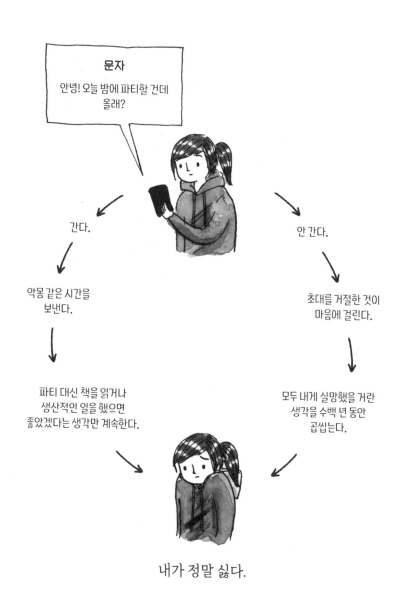

여보세요?

데비, 이번 주말 파티를
취소하게 됐어.
너무 늦게 말해서
미안해.

괜찮아!

최고의 주말이 되겠는데?!

비 오는 날이 좋다.

맛 좋은 차 한 잔 마시기
딱 좋고,

가만히 떨어지는 빗방울 소리를
듣고 있으면 마음이 차분히
가라앉기 때문이다.

하지만 제일 좋은 건

남 눈치 보지 않고 집에서 하고 싶은
일을 맘껏 할 수 있기 때문이다.

하기 싫은 일을 왜 억지로 하는 거야?

모르겠어.
'안 돼'라는 말이
너무 어려워.

납득할 이유를 못 대면
내가 그 사람을 싫어하거나
독불장군이라고 생각할 것 같아.

걱정이 너무 과한데?
거절할 때 꼭 그럴듯한 이유를
댈 필요는 없어.

너한텐 쉬울지 몰라도
나는 아니라고.

대체 왜?

나도 몰라!
나야말로 제일 궁금해!
그럼 내가 왜 이러고 사는지
이해는 되겠지!!!

넌 이해 못 할 거야.
사람들이랑 쉽게 잘 어울리니까.
난 그런 사람이 될 수 없거든.

사람들이랑 있으면 어설프고
이상한 사람이 되어버려.

늘, 내가 문제라고 생각했어.
지금껏 이렇게 살아왔 거든.

20년 전...

너는 왜 친구가 없니?
이렇게 수줍음이 많아서 어떡할래?

도대체 뭐가 문제니?

너 괜찮은 거야?

정말 슬퍼 보여.

이렇게 말이
없으면 안 돼.

아무 말도 하지 않는 건
뭔가 문제가 있어.

어렸을 때, 내가 완벽한 계획을
세웠다고 믿었다.
무엇을 원하고 무엇을 하면 되는지,
다 알고 있었다.

모든 게 분명하고
간단해 보였다.

내 계획대로만 하면
잘못될 일은 절대 없을 것이라고 믿었다.

현재...

미안해, 내 어린 시절아!
못난 어른이 되어서 미안해!!!

나 다 했어!
여기 내 아이디어 적었어!

우린 이미 다음 파트로 넘어갔어.
아이디어 좀 생각해볼래?

ㅣ 다른 사람들의 파티 ㅣ

ㅣ 나의 파티 ㅣ

나 이 책이 사고 싶은데
이 책도 너무 좋은 거 같아.
둘 중에 뭘 살까?

왜 나에게 이런 시련이!
왜 나에게 이런 고통이!!

내가 두 권 다 사줄게.

부모님이 저녁 모임을 계획 중이셔.
온 가족이 참석할 거야.

가족 다 오신다고?

응! 잘됐지?
이모, 삼촌, 사촌들까지 다 올 거야.
전부 다!

어, 그래!
... 설마 나도 한 번에
뵈어야 하는 거니?

무슨 소리야?

따로따로 찾아뵈면
안 될까?

제이슨의 가족을 만나는 건 이전의 어떤 모임보다 훨씬 부담스러웠다.
중요한 사람들을 한 번에 다 만나는 일은 내게 형벌이나 다름없다.

날 마음에 들어 하실까?

내가 제이슨과
어울리는 편일까?

나에 대해
뭐라고
말할까?

선물을 가져가야
할까? 너무 애쓰는
것처럼 보이면
어떡하지?

나는 대인공포증과 맞서 싸워왔다.
지난 몇 년 동안 되풀이된 싸움이었다.

이럴 때마다 나는 두 마음 사이에서
갈등한다. 모임에 참석해서 모든 사람과
소통하고 싶은 마음과,

이렇게 입으면
더 상냥해
보일까?

이불 속에 틀어박혀서 영원히
나가고 싶지 않은 마음이 싸운다.

너 재수 없어.

꺼져!

제이슨의 가족을 만나기도 전에 나를 덜덜 떨게 한 것들

제이슨에게 쉴 새 없이
걸려오는 전화

그의 부모님 댁 앞에
빽빽이 주차된 차들

현관에 빼곡히 놓인
신발들

좋아,
그날 보자!

사람이 많을수록 더
재미있는 법이지!

다 온 거 같은데.
이제 들어갈까?

잠시만.

무슨 일이야?

접대용 표정으로
변신하는 중이야.

- 62 -

이여! 제이슨!

안녕! 앤 데비야.

안녕.

데비, 한 잔 할래요?

네, 고마워요!

주방에 음식 있으니까 배고프면 먹어요.

괜찮아?

응! 다들 친절하고 상냥하셔.

내가 이런 대접을 받아도 되는지 모르겠어.

사람들과 잘 어울리는 애인의 장점은

내 몫의 사교적 대화까지
해준다는 것이다.

내가 함께하고 싶은 사람은

내 말과 행동이 어떻게 보일지
걱정하지 않아도 되는 사람...

양말 빨 때가 됐나. 며칠째 한
양말로 버티는 중이거든. 냄새 나?

날 이해하려고
노력하는 사람...

오늘은 밖에 나가기 싫어.

그럼 집에서 먹자.
내가 나가서 먹을 거
좀 사올게.

그리고 내가 우울할 때
격려해주는 사람...

잠깐 이리 와봐.

짠! 네가 기다리던
신간이야!

내 진정한 짝이 될 사람이다.

자기
최고야!

나에게 꿈에 그리던 프로포즈 같은 것은 없었다.

> 세계에서 가장 낭만적인 프로포즈 베스트 10

인터넷에서 본 '낭만적인 프로포즈'라는 게 하나같이 많은 사람과 그들의 관심을 전제로 하고 있기 때문인 것 같다.

나랑 결혼해줄래?

> 결혼해준대!

> 응, 해줄게!

나에게 결혼은 모든 걸 진지하게 보고, 미래에 대해 솔직하게 논의해야 할 문제다.

> 우리가 결혼을 결정하기 전에 논의할 문제를 정리해봤어.

그런 후 결혼 제도에 헌신하기로 상호 간에 합의하는 것이다.

결혼

장점   단점

하지만 제이슨의 아이디어는
훨씬 더 근사했다.

이리 와.
너한테 보여줄 게 있어.

너무 추워! 별거
아니기만 해봐!

내가 꿈에 그리던 프로포즈가
있다면...

바로 이런 모습이었다.

나한테 이런 날이 올 줄은 상상도 못 했어.

나만의 것으로 가득 찬 내 집을 떠나서, 다른 사람과 같이 살게 되다니.

내가 그에게 맞지 않는 사람이면 어쩌지?

아니, 그도 나한테 맞지 않는 사람이면 어쩌지?

우리 둘 다 엄청난 실수를 한 것이라면 어쩌지?

아무래도 이야기를 좀 해봐야겠어.

좀 더 시간을 갖자고 해야지. 당장 실행하는 건 너무 무리야. 같이 사는 문제에 대해 나 혼자 확실하게 생각할 시간이 필요해.

우선 내가 산 책장부터 확인해봐! 네 책을 다 꽂고도 남을 거야.

얼른 가자! 짐은 다 쌌으니까 바로 출발하자고!

이렇게 화려한 드레스는
필요없을 것 같은데...

저흰 소규모로 할 계획이거든요.

신부가 그런 소리를 하다니
말도 안 돼요!
결혼식 주인공이잖아요.
다들 신부만 볼 거라고요.

그게 바로 걱정이에요.

멍청아. 정신 똑바로 차릴 시간이야. 지금 처한 현실을 직시하라구.

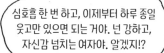

심호흡 한 번 하고, 이제부터 하루 종일 웃고만 있으면 되는 거야. 넌 강하고, 자신감 넘치는 여자야. 알겠지!?

아이쿠!

* 삐끗

밖에서 차 네 대가 기다리고 있어요. 준비됐어요?

끙끙...

나는 언제나 매우 내향적인 사람이었다. 내 성격의 여러 가지 측면은 다른 사람들이 못마땅하게 여길 만했다.

낯가림

어눌함

과도한 불안

자신감 부족

무뚝뚝함

사서 고민함

웬만해선 속마음을 터놓는 법이 없다.

자기소개 해보렴.

어... 전 못하겠어요.

진심으로 사랑하고 신뢰하는 극소수의 사람하고만 어울리는 편이다.

엄마

아빠

언니

오빠

극히 드물지만, 나에게 안정감을 주는 사람도 있다.

낯가림

어눌함

걱정

그런 사람에게는 겨우 벽을 허물 수 있다.

낯가림

걱정

마침내 그런 사람을 인생의 동반자로 맞이하는 일은,
인생의 가장 큰 축복 중 하나일 것이다.

여기 있었네! 한참을 찾아다녔어. 뭐 하는 거야?

설마 결혼식 때도 숨어 있을 작정이었어?

아주 잠깐 숨 돌리고 있었던 것뿐이라고!

해냈어!
제일 힘든 고비를 넘긴 거야!

이제야 한숨 돌리고
밥 좀 먹겠어.

또 한 말씀 하실 분?
자, 신부님 나오세요!

안 돼, 제발 날 부르지 마.
그냥 도망갔어야 했는데.
이럴 줄 알았어!

이 모든 결혼식 일을
다 끝내고 나니 뿌듯하다.

처음엔 내키지 않는 것투성이였지만
어쨌든.

어...
안녕하세요...

세상에서
가장 어눌한 신부 연설을
하고 있는 나.

결혼엔 정말 많은
타협이 필요한 것 같아.
시작부터 말이야.

불 좀 꺼줄래?

싫어.
내가 먼저 침대에 누웠잖아.
네가 해.

사회화의 후유증

두통

피로

낙담

분노와 좌절

세상에서 사라져버리고 싶은 심정

사회화 후유증 치료제

맛있는 음식

좋은 책

좋아하는 음악

혼자만의 조용한 시간

사랑하는 사람의 따뜻한 포옹

같이 나가지 않을래?
지금 날씨가 정말 좋아.

안 돼.
논문 끝내야 해. 마감이
몇 주밖에 안 남았어.

골목에 새 카페가 생겼는데 가보자.
분위기가 근사하고 아늑해.
논문은 거기서 쓰면 되잖아.

내가 네 책 같이 들어줄게!

이제야 말이 통하네!

내 논문:

완벽한 연구와 증명을 거친
100쪽이 넘는 전문적인 보고서

드디어 논문을 제출하는 날이 오다니 믿기지 않아!

우리가 해낸 거야! 축하하러 가야지!

그래! 커피 사 들고 공원 갈까?

너희도 놀러 가는 거야? 다 같이 술이나 한잔하러 갈까?

좋지!

세상이 말하는 축하의 의미가 내 생각과 다르다는 사실을 매번 까먹는다.

오늘 나한테 무슨 일이 있었는지 맞혀봐!

오후 내내 친구들뿐 아니라, 모르는 사람이랑도 같이 있었거든? 근데 어색하지 않았어! 같이 마시고 떠들어댔다고!

그러니까 논문을 낸 것보다 사람들이랑 몇 시간 동안 어울린 게 더 대단한 일이라는 거지?

자랑거리는 아니지.

명심해.
너는 할 수 있다!

회사 조사도 했고,
이력서도 새로 썼고,
면접 때 나올 만한 질문에 대한
답변도 다 준비했잖아.

어떤 질문이 나와도 당황할
이유가 전혀 없어.

어서 오세요!
면접 보러 오셨죠.
처음 뵙겠습니다.

어, 에... 저는...
그러니까...

사람들이 내 감정과 불안을
부정적으로 판단하는 것이 싫다.

나 자신이 더욱 하찮게
느껴지기 때문이다.

내 감정이 잘못된 것처럼 느껴지기 때문이다.

첫 출근 날 어떤 옷을 입으면 좋을까?

너무 딱딱해 보이나?

너무 편해 보이나?

지하철이 연착되면 어떡하지? 미리 운행 시간표를 확인해보고 일찍 타야겠어.

헛소리하면 안 되는데. 날 잘못 뽑았다고 생각하면 어떡해.

늦잠 잘까 봐 걱정돼. 알람을 열 개 정도 맞춰놓으면 괜찮겠지?

드디어 내일이네! 준비는 다 했어?

차 한 잔이면
모든 게 거짓말처럼 괜찮아진다.

5분 후

10분 후

15분 후

모두가 나를 쳐다보고 있어...

좋은 책을
읽을 때마다

나는 그 책의 인물들에게
지나칠 정도로 몰입한다.

그래서 다 읽고 나면

관계가 끝난 것처럼
슬퍼진다.

＊흑흑＊

**이 워크숍에
참석해야 하는 이유**

1. 새로운 것을 배울 수 있다.

멋진데!

2. 기술을 배우고
참신한 아이디어를 얻을 수 있다.

끝내준다!

3. 새로운 사람들을
많이 만날 수 있다.

* 꽝! *

내가 좋아하는 것에 대해서 사람들과
이야기하고 토론하는 게 좋다.

가끔은 제정신인가 싶을 정도로
흥분하고 마는데

그러고 나면 날 너무 많이 보여준 것
같다고 느끼게 된다.

순식간에 무방비 상태에
놓인 것 같다.

이 고객에게 전화해서
원하는 게 뭔지 확인해주세요.

알겠습니다.

어... 전화는 어디 가면
할 수 있지?

여기 있는 제 전화로 바로 하시면 돼요.

데비 괜찮아요?

네, 혹시 제가 안 괜찮아
보이나요?

말이 너무 없으셔서 물어봤어요.

일하고 있으니까요.
게다가 할 말도 없고요!

알았어요, 그럼.

아이고. 저 친구가 와서
물어보기 전까지는 다 좋았는데
지금은 정말 돌아버리겠네.

음... 뭐 하고 있는 거야?

축제 기간을 앞두고 사회화 배터리를 충전 중이야.

몇 시간 후...

아직도 충전 안 끝났어?

백업도 필요할 것 같아. 그래서 지금은 보조 배터리를 충전하는 중이야.

파티에서 나의 사회화 배터리

꼭 가야 하는 모임의 횟수를 정해서
채우고 나면...

이후의 모임은 눈치 보지 않고
거절한다.

나만의 고독을 즐기기 전에 채워야 하는
할당량 같은 것이다.

* 따르릉 *

여보세요?
아, 미안해, 오늘은 못 가.
지난주에 파티 할당량을 채웠으니
오늘은 혼자 있고 싶어.

아주 가끔은 출근해서 할 일을 생각하며
아침 댓바람부터 들뜰 때가 있다.

그러다 출근하면 사람들과 어울려야 한다는
사실을 떠올리고 만다.

아이쿠. 일에만 정신이 팔려서 몇 시간 동안 한 마디도 안 했잖아?

사람들이 말 좀 하라고 눈치 주는 게 느껴져.

질문이라도 하는 게 좋겠어. 이미 답을 알고 있지만.

에이미, 원격으로 컴퓨터 조작하는 제일 좋은 방법이 뭐예요?

내장된 시스템이 최고죠.

제3자 소프트웨어로도 가능해요.

휴우. 이제 한동안 나만의 조용한 시간을 보내도 괜찮겠지?

┃ 남들이 보는 나의 모습 ┃

차분, 발랄, 친절, 느긋

┃ 내가 보는 나의 모습 ┃

좌절, 불안과 내면의 상처가 뒤섞인 상태

아... 난 잡생각이 너무 많아.
좀 더 생산적인 일을 해야겠어.

나는 내가 하는 모든 일에 대해서
보다 큰 의미를 찾고자 애쓰는 것 같다.

가끔은 계속 찾고 있는
와중에도 걱정한다.

사실 겉으로 보이는 게
전부일 수도 있는데.

그렇지만 나는 남은 나날에도
존재하지 않는 의미를 찾고자 애쓸 것이다.

데비, 집에 왔네!
오늘 회사는 어땠어?

내가 진짜 하고 싶은 말은...

최악이었어. 하루 종일 좋아하지도 않는 일을
하느라 지겹고 따분해 죽는 줄 알았어. 회사
분위기는 내 의욕을 꺾기만 해. 이 일을 하며
인생을 허비하  는 것 같아.
만약 오늘이 내 인생 마
지막 날이라 면 그딴 일
로 소중한 하 루를 날려
버린 것에 억 울해서 팔
짝 뛸지도 몰라.

좋았어!

더 이상은 못 버티겠어.

죄송한데 집에 일찍 가서
남은 일을 끝내도 될까요?

| 내 감정에 대해 이야기하기 |

| 내 감정에 대해 글쓰기 |

데비의 일기. 오늘은 엄청 생산적인 날이었다.
아침에 일어났을 땐 오늘 회의로부터
파생될 온갖 일에 시레 겁먹었는데
괜한 걱정이었다. 누구보다 내가 놀랐는데...

오늘 회의 생산적이었어요.
2주 후 연례 회식 까먹지 말고요.

연례 회식이 뭐예요?

1년에 한 번 모든 직원이
한자리에 모이는 회식이에요.
밥도 먹고 술도 마시고, 편하게 생각하면
돼요. 엄청 즐거워요!

업무 외에 여러 이야기를 나누면서
서로 친해지는 기회가 될 거예요.

그건 이미
매일 하고 있는 일이잖아?

나랑 회식에 같이 가줘, 제발!!!

안녕하세요, 제이슨! 오늘 와줘서 정말 고마워요!

제이슨 덕분에 이야기가 술술 풀리네. 내 이미지도 좀 좋아지겠지?

음... 제이슨을 매일 회사에 데리고 다닐 수 있으면 얼마나 좋을까?

뭐지? 그 표정?

앗, 이웃집 아줌마가 다가오고 있어!

인사해야 할까?
말 한 번 나눈 적 없는데 이상하지 않을까?

그냥 미소 짓고 손 한 번 흔들고 말까?
그랬다가 날 미친 스토커라고 생각하면
어떡하지?

그냥 눈 내리깔고 모르는 척할까?
근데 그건 너무 무례하잖아.

안녕하세요.

아, 안녕하세요!

성공!

사회생활에 지쳐서
충전하는 와중에...

30%

아무리 사소하고, 찰나의 순간이어도
방해를 받게 되면...

＊띵동＊ ♪♬

도로 방전되고 만다.

처음부터 다시 충전해야 한다.

0%

아, 안 돼. 주말에 에너지 충전을
제대로 못 했는데.
오늘은 배터리가 간당간당한 하루를
보내겠구나.

25%

진정하자.
편하게 생각하자.

데비,
좋은 아침이에요!

벌써 방전이다...

0%

나는 지금 이 일을 왜 하는지에 대해서
자주 생각하는 편이다.

나는 무엇을 위해 사는 걸까?

삶에는 성취가 따라야 한다고
생각한다. 매일 아침 일어날 때마다
좋아하는 일을 할 생각에
짜릿한 흥분을 느끼는 삶.

새롭게 찾아내고 만들어내고
도전하며 살고 싶다.

지금 당신은 자신의 존재를
심도 있게 반추하며 삶의 주된 목적을
찾고 계신 중이신지요?

바로 그거야.

회사 분위기에 숨이 막힐 것 같아.
돌아가는 모든 일이 다 우울해.

의미 있는 일을
하는 게 얼마나
중요한지 이제야
깨달은 것 같아.

그래도 회사는 월급을 주니까
어른답게 처신해서 버텨야지.

어른답다는 건 네 마음이
이끄는 대로 원하는 삶을 사는 것
아닐까?
행복하지 않은데
버티는 건 방법이
아니야.

내가 모두를 실망시킬 거야.

안 그러면 네가 스스로에게
실망하겠지.

그래, 하지만 나만 상처받는 편이
훨씬 더 마음 편해.

* 에휴... *

괜찮을 거야. 꾹 참고 쾌활한 미소를 지으며 버티는 거야. 모두에게 안부를 묻고 신난 척 연기하는 거야.

안녕하세요, 좋은 아침입니다!!!

오늘 회사에서 모든 일을 완벽하게 해냈어.

그런데도 왜 이렇게 헛헛할까?

오늘은 심심해서,
MBTI 검사를 해보았다.

그리고 내가 INFJ*라는
사실을 알게 되었다.

당신의 성격은
INFJ입니다.

INFJ는 아주 드문 성격으로,
전체 인구의 1퍼센트 미만에 해당합니다.

이럴 수가...

나 같은 인간은 멸종 위기란 말이잖아.

* MBTI 검사에 따르면 INFJ는 내향형(Introversion), 직관형(Intuition), 감정형(Feeling), 판단형(Judging)이다.

뭐 보고 있어?

내향적인 성격에 관한 블로그를 우연히
발견했는데, 보니까 몇 개가
완전히 나야, 나.

날 태어났을 때부터 지금까지 쭉 지켜본
사람을 만난 것 같아. 무슨 뜻인지 알겠어?

내가 또라이가 아니라는 거야!
나한텐 아무 문제가 없다는 거지!
완전 평범한 거야!!

음... 글쎄,
확신은 못 하겠는데?

MBTI 사건은 나에게 일종의 계시처럼 다가왔다.
나는 더 알고 싶어서 애가 탔다.

많은 특성이 긴밀하게 연관되는 것 같았다.

낯가림

과몰입

내향성

강박적인
걱정과 불안

지나치게 예민함

지금 드는 생각이지만, 내 성격에 결함이
이렇게나 많다는 사실을 발견했다면
몹시 실망하는 게 마땅했다.

하지만 웬걸, 나는 형언할 수 없는
안도감을 느꼈다.

나 같은 내향적인 인간의 사고방식과 행동을 설명하는 과학적인 근거가 이렇게나 많다니!

내향적인 성격은 솔직할 수 없는 사회관계와 과도한 자극 때문에 쉽게 에너지가 소진된대.

우리 같은 사람들의 머릿속은 한시도 쉴 새가 없는 거야.

그러니까 우리들의 뇌는 외향적인 사람들과 달리 24시간 각성 상태라고 해도 과언이 아닌 거지.

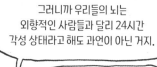

그건 인정.

나 있지, 내가 아닌 나를 연기하며 사는 거 이제 정말 지긋지긋해.

왜 내가 사교적이고 말을 더 많이 해야 한다는 강박을 늘 갖고 살아야 하는 건데?

내 할 일 알아서 잘하고 있는데도 왜 항상 부족하다고 생각해야 하냐고.

난 이제부터 달라질 거야!

그래, 화이팅!

결심했어! 날 이해할 생각조차 없는 사람들 비위를 맞추려고 노력하는 짓은 이제 그만둘 거야. '너만의 공간에서 좀 나와' 같은 헛소리에 더 이상 신경 쓰지 않을 거야!

우선 그 문제를 언급하지 않는 것부터 시작해볼게.

나를 주변에 맞추기 위해
안간힘을 쓰던 시절이 있었다.

모두가 관심 있는 분야에 대해
말하려고 애썼다.

가고 싶지도 않은 온갖 모임에 참석했고
내 딴엔 잘 어울리려고 갖은 애를 썼다.

외향적인 사람들의 기대에
부응해야 한다는 강박에 시달렸다.

그렇게 노력할 때마다 나는 더
외톨이가 된 기분이었다.

정작 나 자신을 소외시키고 있었던 것이다.

나는 타인의 기분과 감정에 모든 촉수를 곤두세우는 편이다.
그러다 그들에게 완전히 감정을 이입해버릴 때도 있다.

평범해지고 싶은
내향적인
사람들을 위한
안내서

1단계

애쓰지 말 것.
당신은 지금 그대로의
모습으로도
충분히 완벽하니까.

나만의 공간에 있을 때 행복하다.

예기치 못한 일체의 만남을 회피하고 싶은 내향적인 사람들을 위한 패션 가이드

안경알이 큰 선글라스
눈길을 피해도
들킬 걱정이 없다.

헤드폰
무언가를 열심히 듣고 있으니
말 걸지 말라는 신호가 된다.

**입까지 가릴 만큼
긴 스카프**
이유를 막론하고 그냥
말하고 싶지 않은 심정을
피력한다!

커다란 숄더백
중요한 곳에 가는
중이기 때문에 잡담을
할 때가 아니라는
사실을 알려준다.

오버 사이즈 코트
혹여 사교적으로
보일 수 있는
몸짓언어를 은폐한다.

**호주머니에
손을 집어넣은 자세**
나 혼자 있고 싶기 때문에
굳이 손을 빼 악수를 청하지
않겠다는 의지를 드러낸다.

편안한 운동화
아는 사람이 보이는 즉시
재빠르게 도망칠 수 있다.

며칠 후, 마침내 결단을 내리고
실행에 옮겼는데...

그동안 많은 것을
배울 수 있었어요.
정말 감사드립니다.

당신이 회사를 그만두기로 결정했다니,
아쉽네요.

해낸 거야! 잘 했어!
드디어 자유다!

세상에,
내가 지금 무슨 짓을 한 거지?

혼자 있는다는 것

일을 다 끝낼 수 있는 기회

창의적인 일을 도모할 수 있는
안식처

고요한 성찰을 위한
시간

진정한 나로 지낼 수 있는 세계

내향적인 사람의 생존 도구

좋은 책

차

인터넷이 연결된
노트북

넉넉한 사이즈의
편안한 옷

자연

글을 쓰고
그림을 그릴 필기구

혼자만의 시간

외출할 때마다 좋은 책 한 권을
들고 나간다.

책을 펼쳐볼
짬이 나지 않아도...

책을 품고 있는 것만으로도
마음이 편안해지기 때문이다.

좋은 친구가 곁에서 나를
지켜주는 것 같다.

내가 외향적인 남편을 사랑하는 이유

나에게 휴식이 필요한 때를
알려준다.

내가 사람들과 어울리지
못할 때 대신 나서준다.

가고 싶은데 혼자서는
갈 엄두를 못 내는 곳에
함께 가준다.

함께 보내는 시간이 많지만,
나한테는 혼자만의 시간도 필요하다는
사실을 이해해준다.

나의 내향적인 성격과
균형을 맞출 줄 안다.

자기 자신을 사랑한다는 건
든든한 지원군을 갖는 것과 같다.

보다 깊고 사적인 차원에서
스스로를 이해하고,

나다운 것과 나답지 않은 것을
모두 받아들이며,

가능한 한 가장 주체적인 방식으로
스스로의 삶을 바꿔나가는 것이다.

음... 너 정도면
괜찮은 사람이라고 생각해.

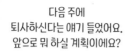

다음 주에
퇴사하신다는 얘기 들었어요.
앞으로 뭐 하실 계획이에요?

내가 진짜 하고 싶은 말은...

한동안 쉬면서 내가 정말 하고 싶은 일이 무엇인지 다시 한번 생각해보려고 해요. 그것이 어렸을 때 꿈꿨던 창의적인 일에 부합하는지도 생각해 보고 싶고요. 아무튼, 뭔가 의미 있는 일을 찾고 싶어요. 그런데 이 회사에선 그게 가능하지 않았던 것 같아요.

아직 잘 모르겠어요.
일단 푹 쉬려고요.

그 후로 몇 주가 지나서야 비로소 자영업자와 프리랜서라는 새로운 길에 확신을 가지게 되었다.

아이러니한 건, 사람들이 북적대는 환경에서 지내다가 혼자만 있게 되자 적응하느라 얼마간 시간이 걸렸다는 사실이다.

최고의 업무 장소를 발견했다!

돌이켜보면, 지금의 내 모습과 내가 이룬 것 전부 내향적인 성격의 영향을 받은 것 같아. 둘 다 좀 평범하진 않지.

누가 알겠어? 이런 내 모습을 온전히 받아들이고 나면 나 자신도 깜짝 놀랄 것들을 발견하게 될지!

지당하신 말씀.

내 말은, 내가 가는 길이 성공할지 실패할지 나 스스로도 알 수 없지만, 적어도 내 방식대로 시도해볼 수는 있다는 거야.

미안해. 내가 또 지나치게 생각해버렸나?

그래, 그런데 이젠 익숙해져서 네가 생각을 안 하면 오히려 더 걱정할 것 같아.

오늘 파티에서 아주 자연스럽던데?

응, 나도 그렇게 생각해.

요새는 나 자신이 한결 편해졌거든.
날 지나치게 몰아붙이지 않으려고 노력하니까
내키지 않는 연기 같은 건 그만두게 되더라고.

그렇다면 정말 다행이야.

그럼, 오늘 밤 내 친구들 불러서
같이 저녁 먹으면 어떨까?

그건 무리야!

침묵의 힘에는
아름다움이 있다.

말보다 생각이 더 좋다고 해도
전혀 이상하지 않다.

혼자만의 시간이 필요할 때마다 나의
내면 세계로 숨어 들어가도 괜찮다.

그리고 온 마음과 열정을 다해
내가 하고 싶은 일에 뛰어들면 된다.

Quiet Girl
in a Noisy World

— The end —

지은이 _ 데비 텅 Debbie Tung

데비 텅은 영국 버밍엄에 사는 만화가이자 일러스트레이터다.
'Where's My Bubble (wheresmybubble.tumblr.com)'을 운영하며
소소한 일상, 책, 홍차에 관한 만화를 연재한다.

지은 책으로는 『딱 하나만 선택하라면, 책』,
『소란스러운 세상 속 혼자를 위한 책』이 있으며
《허핑턴포스트》, 《보어드팬더》, 《9GAG》, 《펄프태스틱》, 《굿리즈》 등에
작품을 기고한다.

옮긴이 _ 최세희

대학에서 영문과를 전공한 후 문화콘텐츠 기획,
라디오방송 원고를 쓰며 출판 번역을 해오고 있다.
『렛미인』, 『예감은 틀리지 않는다』, 『사랑은 그렇게 끝나지 않는다』,
『사색의 부서』, 『에마』, 『깡패단의 방문』, 『킵』,
『인비저블 서커스』, 『맨해튼 비치』, 『우리가 볼 수 없는 모든 빛』 등을
우리말로 옮겼으며 공저에 『이수정 이다혜의 범죄 영화 프로파일』이 있다.

소란스러운 세상 속 혼자를 위한 책

펴낸날 초판 1쇄 2021년 1월 30일 **초판 5쇄** 2022년 4월 29일

지은이 데비 텅 **옮긴이** 최세희

펴낸이 이주애, 홍영완

편집 김애리, 양혜영, 문주영, 최혜리, 박효주, 백은영, 장종철, 오경은

디자인 기조숙, 박아형, 김주연

마케팅 김태윤, 김소연, 박진희, 김슬기

경영지원 박소현

펴낸곳 (주)윌북 **출판등록** 제2006-000017호 **주소** 10881 경기도 파주시 회동길 337-20

전자우편 willbooks@naver.com **전화** 031-955-3777 **팩스** 031-955-3778

블로그 blog.naver.com/willbooks **포스트** post.naver.com/willbooks

페이스북 @willbooks **트위터** @onwillbooks **인스타그램** @willbooks_pub

ISBN 979-11-5581-337-9 (03800)

⟦ 함께 읽으면 좋은 책 ⟧

멈출 수 없는 책 읽기의 즐거움
책 좀 빌려줄래?

그랜트 스나이더 지음 | 홍한결 옮김

책덕후가 책을 사랑하는 법
딱 하나만 선택하라면, 책

데비 텅 지음 | 최세희 옮김